AF499850

NOTICE

SUR LA VIE ET LES OUVRAGES

DE FEU M. CLICQUOT-BLERVACHE,

PAR M. SIMON JACOB;

Additions à cette Notice, par M. DE S. LÉGER.

Multis ille bonis flebilis occidit.
HOR. *Od.* XXIV, L. I.

PARIS,

DE L'IMPRIMERIE DE J. B. SAJOU,
Rue de la Harpe, n.° 11.

1815.

Extrait du Magasin Encyclopédique, année 1796,
Tome 4, Numéros 13 et 15.

NOTICE

Sur la vie et les ouvrages de Feu M. CLICQUOT-BLERVACHE (1).

SIMON CLICQUOT-BLERVACHE, ci-devant chevalier de l'ordre de Saint-Michel, inspecteur-général du commerce, honoraire de l'Académie d'Amiens, et correspondant de la Société d'agriculture de Paris, né à Reims le 7 Mai 1723, vient d'être enlevé aux lettres, qu'il cultivoit avec succès, et dont il faisoit ses délices; à ses concitoyens, dont il n'a cessé de servir les intérêts avec zèle dans les différentes places qu'il a occupées; à sa famille, dont il étoit tendrement chéri et respecté; à ses amis, qui savoient apprécier la solidité de son commerce, les agrémens et les douceurs de sa société; à tous les gens de bien qui l'ont connu, et dont les regrets honorent sa mémoire. Il est mort le 31 Juillet 1796, à sa maison de campagne à Beloy, commune d'Ecueil, village à deux lieues de Reims, où il passoit, depuis qu'il avoit cessé d'habiter Paris, la plus grande partie de l'année, au milieu des siens, livré aux travaux de l'agriculture, à l'étude et à la méditation des moyens qui pouvoient contribuer à l'encouragement et à la perfection d'un art dont il avoit, de bonne

(1) Cette Notice, publiée et imprimée, en 1796, dans le Journal de Reims, insérée ensuite, sous le voile de l'anonyme, dans le Magasin Encyclopédique, est de M. *Simon Jacob*, neveu, par son épouse, de M. Clicquot-Blerrache.

heure, appris à connoître toute l'importance et l'utilité.

Ses concitoyens le nommèrent procureur-syndic de la ville de Reims en 1760. Il développa, dans cette place, les qualités d'un parfait citoyen, d'un administrateur sage et éclairé. Il eut, en plusieurs circonstances, occasion d'y montrer également celles d'un négociateur habile. Les différentes députations à Paris, dans lesquelles les intérêts de la ville l'appelèrent, le firent avantageusement connoître des ministres, et particulièrement de M. Trudaine, et lui valurent, en 1765, la place d'inspecteur-général du commerce, qu'il exerça avec distinction jusqu'en 1790.

L'Académie des sciences, belles-lettres et arts d'Amiens couronna, en 1755, un Mémoire qu'il lui présenta, et qui fut imprimé sous le titre de *Dissertation sur l'effet que produit le taux de l'intérêt de l'argent sur le commerce et l'agriculture.*

Il obtint, au jugement de la même Académie, en 1756, un second prix pour un nouveau Mémoire présenté et publié sous le nom de *Dissertation sur l'état du commerce en France, depuis Hugues-Capet jusqu'à François premier.*

Une troisième couronne fut encore décernée, en 1757, par cette même Compagnie, à un autre Mémoire qu'il lui adressa *sur les Corps de Métiers*, et qui fut imprimé, en 1758, sous le nom de M. *Delisle.*

L'Académie d'Amiens n'est pas la seule qui ait rendu justice aux productions utiles de M. Clicquot-Blervache. Celle de Châlons-sur-Marne reçut de lui, en 1783, sous le nom d'un Savoyard, un excellent Mémoire sur *les moyens d'améliorer en France la condition des laboureurs, des journaliers, des hommes de peine vivant dans les campagnes, et celle de leurs femmes et de leurs enfans.* Cet ouvrage obtint le suffrage de l'Académie de Châlons, qui s'empressa de lui adjuger la récompense qu'il méritoit. L'auteur l'a refondu et publié depuis, en 1789, sous le titre de l'*Ami du Cultivateur*, par un Savoyard, en deux volumes in-8.°. Il contient deux parties, chacune divisée en plusieurs sections, et chaque section en plusieurs chapitres. Dans la première partie, M. Clicquot-Blervache traite à fond de l'origine et de l'établissement des institutions féodales, de l'influence des droits féodaux sur l'agriculture et sur les mœurs, des surcharges onéreuses qu'ils font peser particulièrement sur le peuple; du clergé, de la dîme, des abus introduits dans sa perception, des moyens à employer pour diminuer les effets de la féodalité sur l'agriculture et ses agens, et des avantages que leur procureroit l'affranchissement des devoirs féodaux.

Les inconvéniens des trop grandes propriétés et exploitations, les moyens de les diminuer, l'utilité des baux à longs termes; les inconvéniens des communes, les avantages qui résulteroient de leur partage, l'utilité des desséchemens; les impôts, leur quotité, leur répartition, le danger des emprunts, plus préjudiciables au peuple que l'établissement des impôts; les corvées, l'utilité des chemins publics; les manufactures, l'avantage de leur établissement dans les campagnes, par rapport au commerce, celui des établissemens des arts et métiers dans les mêmes lieux, relativement à la condition de ceux qui les habitent; le vœu de l'auteur pour la formation des administrations provinciales par toute la France : tels sont les objets qui forment la matière de la seconde partie.

Un style pur, agréable et correct, une diction partout claire, simple, aisée, et cependant élégante et nerveuse, une logique également soutenue et suivie, l'éclat des lumières nouvelles répandues dans cet écrit, sont les principaux caractères qui le distinguent. La manière dont M. Clicquot-Blervache a su traiter et approfondir tous ces différens sujets, les notes qui les accompagnent, ne peuvent que donner une très-haute idée de son savoir, de son érudition et de l'étendue de ses vues. Cet ouvrage sera toujours un livre intéressant, dans lequel on reconnoîtra facilement, par le développement des principes qui y sont exposés, qu'ils ont été, en quelque sorte, le présage des grands changemens que l'on a vu s'opérer depuis dans l'administration et le gouvernement tant intérieur qu'extérieur de la France.

Ce fut encore en 1789 que M. Clicquot-Blervache mit au jour et fit imprimer ses *Considérations sur le traité de Commerce entre la France et la Grande-Bretagne*, dans lesquelles il réfute, avec autant de netteté que de méthode et de précision, les principes qui ont donné lieu à ce traité, et les bases sur lesquelles il se trouve appuyé.

L'Académie des inscriptions et belles-lettres, dans sa séance publique de Pâques de la même année, couronna un autre ouvrage du même auteur sous le titre de *Mémoire sur l'état du Commerce intérieur et extérieur de la France depuis la première Croisade jusqu'au règne de Louis XII.* Ce Mémoire, imprimé à Paris en 1790, renferme des recherches savantes et instructives sur tout ce qui appartient à l'histoire du commerce, que l'auteur décrit d'une manière qui lui est propre, et dans laquelle il offre à la fois des faits curieux, des vérités utiles, et les réflexions les plus judicieuses.

En 1778 l'Académie d'Amiens, après avoir honoré d'un triple laurier, à trois époques consécutives, les différens ouvrages que M. Clicquot-Blervache lui avoit présentés, lui fit écrire par M. Baron, son secrétaire perpétuel, qu'elle venoit de le nommer l'un de ses honoraires.

Au mois d'Août de la même année, il ne crut pas pouvoir mieux témoigner à cette Compagnie sa sensibilité pour cette marque éclatante d'estime et la reconnoissance qu'elle lui inspiroit, qu'en lui adressant un discours rempli d'observations profondes et neuves *sur les avantages et les inconvéniens du Commerce extérieur.* On ne peut que regretter beaucoup qu'il ne l'ait pas rendu public, ainsi qu'un autre écrit en deux volumes in-8.°, ayant pour titre : *Essai sur le Commerce du Levant*, divisé en deux époques ; la première, de 1666 à 1730 ; la seconde, de 1730 à 1750 ; ouvrage auquel l'auteur, suivant le manuscrit qui est dans les mains de sa famille, paroît avoir travaillé en 1770 et 1771, dans le temps qu'il occupoit la place d'inspecteur-général du commerce et des manufactures.

En 1787, il présenta à la Société d'agriculture de Paris, et publia un autre *Mémoire sur la possibilité et sur l'utilité d'améliorer la qualité des laines de la Province de Champagne.* Il encourageoit, par l'exemple et le précepte, à la campagne où nous avons dit qu'il habitoit une partie de l'année, toutes les tentatives et les procédés qui pouvoient contribuer à l'amélioration des bêtes à laine, et il eut la satisfaction de voir le succès répondre à ses désirs.

Ces travaux de tous genres, marqués au coin du patriotisme le plus pur, lui méritèrent, en 1788, l'honneur d'être admis au nombre des correspondans de cette Société.

Parmi les différens ouvrages que M. Clicquot-Blervache a publiés, ou qui sont restés manuscrits entre les mains de ses héritiers, nous ne devons pas passer sous silence un Mémoire infiniment important, sous tous les rapports, pour la ville de Reims, *sur la Navigation de la rivière de Vesle*. Cet ouvrage, qui n'a jamais été rendu public, que l'auteur avoit présenté en 1775 à M. Turgot, alors contrôleur-général des finances, est le fruit du travail et des recherches qu'il avoit faites pendant son syndicat dans le chartrier de la ville. Divisé en trois parties, il développe, dans la première, les avantages que procureroit à cette cité et à son commerce la navigation de la rivière qui baigne ses murs. Dans la seconde, M. Clicquot-Blervache s'attache à démontrer et à prouver la possibilité de rendre cette rivière navigable. Dans la troisième, il présente un état de la dépense que cette entreprise occasionneroit. Il produit, à l'appui de ce projet, dont il sollicitoit alors l'exécution auprès du gouvernement, des faits d'une vérité frappante, des expériences constatées par différens procès-verbaux, et plusieurs pièces justificatives rapportées à la fin de son Mémoire. Cet écrit, d'ailleurs, est semé de réflexions profondes, de notes historiques et critiques, de détails utiles et précieux, qui, indépendamment du motif puissant d'intérêt que l'auteur offre à ses concitoyens, en font un monument propre à servir un jour à compléter l'histoire de la ville dans laquelle il est né.

Nous regrettons beaucoup de ne pouvoir faire connoître toutes les productions sorties de la plume de cet homme de lettres, distingué par les talens de son esprit, et non moins estimable par les qualités de son cœur, et l'assemblage heureux des vertus publiques et privées qu'il a constamment pratiquées. Outre les productions que nous venons de citer, il existe de lui un grand nombre d'ouvrages manuscrits, dans lesquels on en remarque un, entre autres, sur *la droiture du cœur, aussi nécessaire que la justesse de l'esprit dans la recherche de la vérité; un Eloge de Sully;* plusieurs Mémoires sur le commerce et les manufactures; des notes, des observations et des réflexions importantes sur divers objets de littérature, de philosophie, d'histoire, de politique et d'économie; un recueil assez étendu de différens morceaux de poésie, qui renferme des odes, des épîtres, etc., dont quelques-unes ont été imprimées, mais dont le plus grand nombre est resté dans son porte-feuille, que ses amis les plus intimes, à qui il en avoit quelquefois fait l'ouverture, n'ont jamais cependant pu dérober à sa modestie. Ces amusemens de sa première jeunesse, auxquels il n'attachoit aucune importance, attestent son goût pour les lettres, pour les arts agréables, autant que ses autres écrits manifestent son amour pour les choses utiles, l'étendue de son esprit, la variété de ses connoissances, la profondeur de son jugement, et la sagesse de ses vues. Toutes ces qualités, que relevoit encore en lui la droiture de son cœur, répandoient sur ses ouvrages, sur ses discours, dans son entretien, l'éclat d'une éloquence touchante et noble, persuasive et simple, lumineuse et concise, aussi éloignée de l'enflure et du faux brillant, que de toute espèce d'exagération, dont il étoit ennemi par caractère autant que par principes. Il avoit, de bonne heure, contracté l'habitude d'une vie laborieuse, persuadé que l'occupation suivie fait l'homme de bien et le bon citoyen. Dans sa jeunesse, au milieu de l'âge mûr, comme au déclin de ses ans, il consacroit aux Muses les momens de loisir que lui laissoient, par intervalles, les travaux plus sérieux dont il étoit sans cesse occupé. Il se délassoit avec elles des fatigues d'un esprit dont les ressorts étoient perpétuellement en action et tendus vers tout ce qui pouvoit contribuer au bonheur de ses semblables en général, et à l'avantage de ses concitoyens en particulier.

Qu'il nous soit permis de citer, entre autres preuves de son talent pour la poésie, le commencement d'une épître adressée à un de ses amis, le père de l'auteur de cette notice, peu d'années avant sa mort. On jugera, par ces derniers fruits de son automne, de l'éclat dont devoit briller les premières fleurs de son printemps, développées et mûries ensuite, dans son été, à la lumière de l'étude, de la réflexion, d'un goût sûr et délicat, nourri et entretenu longtemps par la lecture de tout ce que pouvoit offrir de plus exquis dans tous les genres la littérature ancienne et moderne :

« En vain mon ami me convie
« A lui crayonner l'examen
« De ce que j'ai vu dans ma vie,

« Je remets toujours à demain:
« A l'amitié cédant enfin,
« Je vais contenter son envie.

« Les temps ne sont plus où jadis
« Mes faciles pinceaux, peut-être,
« Sur le ton d'Horace, mon maître,
« Ont mérité d'être applaudis :
« Si, privés de leur ancien lustre,
« Ils n'offrent plus le même prix,
« Ami, n'en soyez point surpris,
« Les glaces d'un treizième lustre
« En ont terni le coloris, etc., etc.

Nous ne pouvons mieux terminer cette Notice sur l'homme de lettres, le vrai citoyen, l'ami sincère, le fils, l'époux, le père le plus tendre, et le parent le meilleur, qui fait en ce moment l'objet des regrets de ses proches et de tous ceux qui lui étoient attachés par les liens du sang et de l'amitié, ou qui l'ont fréquenté et connu, qu'en lui appliquant à lui-même, pour donner une idée des qualités de son cœur, après avoir rendu justice à celles de son esprit, ses propres expressions, dans une de ses lettres à l'auteur de cette notice, au sujet de son père malade, peu de temps avant qu'il eût la douleur de le perdre : « Les inquiétudes que me « donne le triste état de mon père me tourmentent. « Je me prépare, comme je puis, au funeste évé« nement qui n'est pas éloigné. La Providence « m'avoit accordé un bon père, plein de vertu et « de probité. Son ame étoit simple, ses mœurs « pures, ses affections modestes, et ses actions « sages. Je désire mériter un jour le jugement

« que les gens de bien porteront de lui, lorsqu'il « finira sa longue carrière. » Celle de M. Clicquot-Blervache a été remplie par l'exercice et la pratique de toutes les vertus qui constituent le parfait honnête homme, le bon citoyen, et par l'éclat des qualités et des connoissances qui distinguent l'écrivain solide, l'homme de goût, le philosophe instruit et éclairé, et le véritable ami de l'humanité. Le vœu qu'il formoit pour lui-même, en parlant de son père, s'est accompli, puisque l'esquisse que nous venons de tracer des principaux traits qui le caractérisent, atteste qu'il est descendu dans le tombeau emportant avec lui l'estime générale et les regrets universels de tous ceux qui l'ont connu.

ADDITIONS A CETTE NOTICE,

PAR M. DE SAINT LÉGER.

Paris, 12 Novembre 1796.

L'Auteur de l'excellente Notice sur M. Clicquot-Blervache ayant jugé à propos de garder l'anonyme, je ne peux lui adresser les observations suivantes; mais j'espère qu'elles ne lui déplairont pas, puisqu'elles appartiennent à l'histoire littéraire, et que, de plus, elles contribueront à faire connoître les talens d'un homme dont je pleure sincèrement la perte avec tous ceux qui l'ont connu.

I. Le Mémoire de M. Clicquot-Blervache sur les

Corps de Métiers, imprimé en 1758, in-12, sous le nom de Delisle, et sous le titre de *la Haye*, mais réellement à *Amiens, chez la veuve Godard*, avoit paru quelque temps auparavant à Paris, sous le titre de *Considérations sur les Arts et Métiers.* Cet ouvrage, solidement pensé et fort bien écrit, ne fit pas une très-grande sensation dans le public. Un de ces auteurs qui savent habilement profiter des circonstances, et s'approprier, sous une forme nouvelle, le travail d'autrui, imagina de répandre les principes de M. Clicquot, en leur donnant le cadre d'un roman philosophique; je veux parler de l'abbé Coyer, dont le *Chinki*, imprimé trois ou quatre fois, n'est, à l'exception des sept premiers chapitres, que le plagiat le plus impudent du Mémoire couronné à l'Académie d'Amiens. J'avois lu ce Mémoire dès 1758, que l'auteur m'en donna un exemplaire. *Chinki, Histoire Cochinchinoise*, etc., parut en 1768; il ne tomba dans mes mains que plusieurs années après; et, quand j'en pris lecture d'après les éloges que lui prodiguoient certaines gens, je fus si indigné du vol, que je le dénonçai au Public dans l'*Année littéraire* de Fréron, tome II de 1775, pages 250 et suivantes. Pour ne pas laisser le moindre doute sur la réalité du plagiat, je mis en regard, et sur deux colonnes, différens morceaux du Mémoire et du Roman; et il résulta, de ce parallèle, une preuve, sans réplique, que Coyer, écrivant son *Chinki*, avoit sous les yeux le Mémoire académique, et qu'il en avoit pris toutes les idées et tous les faits; qu'il en avoit même copié des phrases entières, sans faire la moindre mention de l'ouvrage qu'il pilloit sans pudeur. L'abbé Coyer n'ayant rien à répondre à cette démonstration, ne répondit rien en effet, et il mourut en Juillet 1782. On réimprima son *Chinki* dans le recueil, en sept volumes in-12, de ses œuvres, sans dire un mot du plagiat; mais le Continuateur de l'Année littéraire ne manqua pas (tome huitième de cette année 1782) de le rappeler au Public, et de renvoyer au Fréron de 1775. C'est donc à M. Clicquot, ou plutôt aux raisons développées dans son Mémoire, que les partisans de la suppression des jurandes et corps de métiers furent redevables de l'édit donné à ce sujet en 1775, et qui demeura, pour lors, sans effet.

II. L'Auteur de l'éloge n'a pas manqué de parler du talent poétique de M. Clicquot (1); ce qui m'a rappelé une anecdote assez piquante. Lorsque la ville de Reims éleva, dans ses murs, une statue à Louis XV, il fut question d'une inscription à mettre au dessous du monument. Les pièces latines et françaises ne manquèrent pas; on hésitoit sur le choix: pour se tirer d'embarras, on imagina de présenter au Roi lui-même les meilleures pièces. Après les avoir lues avec attention, le Roi décida en faveur de la suivante:

C'EST ICI QU'UN ROI BIENFAISANT
VINT JURER D'ÊTRE NOTRE PÈRE:
CE MONUMENT INSTRUIT LA TERRE
QU'IL FUT FIDÈLE A SON SERMENT.

---

(1) J'ai vu de lui deux Odes imprimées; l'une adressée, en 1747, au P. *Féry*, Minime, connu par des Mémoires hydrostatiques, et par quelques Poésies latines; l'autre, sur la mort, en 1750, de M. Louis Levêque de Pouilly (frère de M. de Burigny, de l'Académie des inscriptions), auteur de la *Théorie des Sentimens agréables*, imprimée, pour la troisième fois, en 1749, in-12; ouvrage finement pensé.

Elle étoit de M. Clicquot, qui fut d'autant plus flatté de la préférence, que la plupart des pièces présentées à cette espèce de concours, portoient les noms d'auteurs connus, et que la sienne étoit anonyme. Elle fut placée au bas de la statue (1); les gens de goût en ont approuvé le tour et l'expression faciles, mais sans en connoître l'auteur.

III. On dit, avec raison, dans la notice sur M. Clicquot, qu'indépendamment des ouvrages imprimés, il a laissé plusieurs notes précieuses sur des objets de littérature, de philosophie, de politique, d'histoire, etc. Ces notes, M. Clicquot les écrivoit sur des cartes blanches des deux côtés, plus grandes que nos cartes de jeu. L'auteur rangeoit ensuite ces cartes de manière à retrouver très-promptement les objets dont il s'entretenoit avec ses amis, ou sur lesquels il étoit consulté; il m'en a montré plusieurs, et je peux dire, avec vérité, que l'on tireroit un grand avantage de la publication de cette espèce de mélanges. M. Clicquot méditoit beaucoup ses lectures; il lisoit de tout, et rarement arrivoit-il qu'un livre ancien ou moderne ne lui fournît matière à des notes pleines de sens, de jugement, de critique, et quelquefois même d'une finesse et d'une sagacité peu communes. Comme il avoit une belle main, ces cartes, bien écrites,

---

(1) Avec les changemens que voici, que l'Académie crut devoir y faire :

DE L'AMOUR DES FRANÇAIS, ÉTERNEL MONUMENT,
INSTRUISEZ A JAMAIS LA TERRE
QUE LOUIS DANS CES MURS JURA D'ÊTRE LEUR PÈRE,
ET FUT FIDÈLE A SON SERMENT.

font un double plaisir : je ne le voyois jamais sans être sûr qu'à propos de quelque sujet de littérature ou de science, il me liroit quelques cartes qui m'apprenoient toujours quelque chose.

Je n'ajouterai rien au portrait qu'a fait de ses mœurs et de ses talens, l'auteur qui paroît l'avoir parfaitement connu. M. Clicquot avoit un extérieur peu prévenant au premier abord; mais, sous cette écorce, il récéloit un cœur prêt à se répandre dans le sein de ceux qu'il jugeoit dignes de son estime. Il eut une ame droite, un esprit juste; et il est aisé de sentir combien la réunion de ces talens naturels à des connoissances aussi profondes qu'étendues, devoit donner de charmes à sa conversation, et faire rechercher sa société.

www.ingramcontent.com/pod-product-compliance
Ingram Content Group UK Ltd.
Pitfield, Milton Keynes, MK11 3LW, UK
UKHW012313240726
13966UKWH00005B/1854